Nuestro paseo
al zoológico

Amy White
Ilustraciones de Alejandra Lunik
Traducción/Adaptación de Lada J. Kratky

Hoy fui con mi clase al zoológico.

Vimos muchos animales.

Primero, vimos los osos polares.

Estaban nadando.

Después, vimos los tigres.

Estaban durmiendo.

Luego, vimos los leones.

Me gustó mucho el cachorro.

Después, almorzamos.

Comimos en el prado.

Después de comer, vimos las serpientes.

Había una muy, muy larga.

Después, vimos los monos.

Estaban comiendo frutas.

Luego, vimos dos jirafas muy altas.

Estaban tomando el sol.

Después, vimos los enormes elefantes.
Un elefante se estaba echando agua
con la trompa.

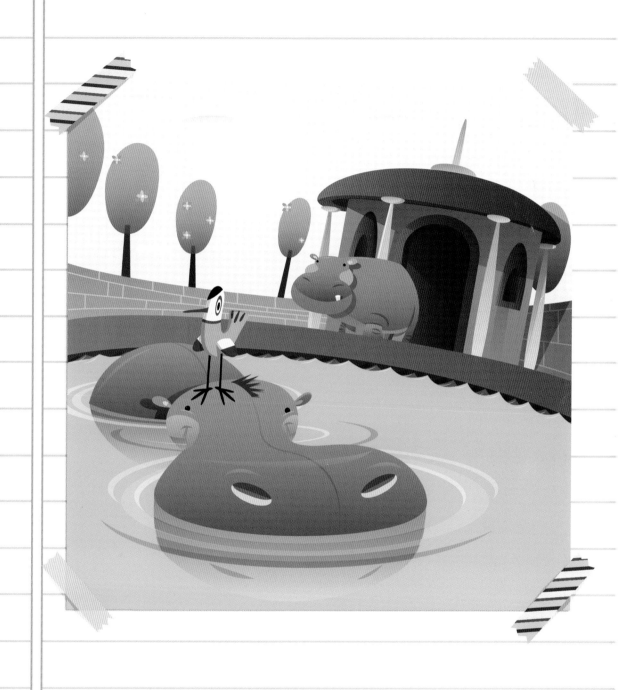

Luego, fuimos a ver los hipopótamos.

Uno tenía un pájaro en la cabeza.

Luego, vimos las cebras.

Estaban corriendo rápidamente.

Después, vimos los pingüinos.

Nos reímos mucho al verlos caminar.

Por último, vimos los flamencos.

Estaban parados en una pata.

Llegó la hora de irnos.

El autobús nos llevó de regreso a la escuela.

Llegó la hora de irnos.
El autobús nos llevó de regreso
a la escuela.

¡Lo pasamos muy bien
en el zoológico!

¡Lo pasamos muy bien en el zoológico!